CANTIQUES.

DEUXIÈME ÉDITION.

PARIS,

IMPRIMERIE ET LIBRAIRIE D'AGRICULTURE ET D'HORTICULTURE

DE Mme Ve BOUCHARD-HUZARD,

5, RUE DE L'ÉPERON.

—

1860

CANTIQUES.

A Thérèse HACHETTE.

Voici, ma chère enfant, quelques cantiques que j'ai composés pour toi; puissent-ils, un jour, te rappeler ton vieux grand-père!

V. AIGOIN.

5 septembre 1859.

SANS LA VERTU PAS DE BONHEUR.

Air : *Sainte cité, demeure permanente.*

1

Sans la vertu pas de bonheur sur terre,
L'homme languit accablé de désirs ;
Jusqu'à l'excès il veut se satisfaire,
Et le dégoût succède à ses plaisirs.
    Vertu chérie,
    Tends-nous la main ;
    Sans toi, la vie
    N'est que peine et chagrin.

2

Par mille attraits le monde nous captive,
Et follement nous briguons ses faveurs ;
Hélas ! aussi, bien souvent il arrive
Que plus d'un piége est caché sous des fleurs.
    Vertu chérie, etc.

3

Des esprits forts la morale est facile,
Elle permet l'enivrement des sens ;
Préférons-lui celle de l'Évangile
Qui ne permet que de bons sentiments.
    Vertu chérie, etc.

4

N'imitons pas le méchant qui déchire ;
Chez lui la haine a corrompu le cœur.
Il est si doux d'aimer et de se dire :
J'ai consolé, secouru le malheur !
Vertu chérie, etc.

5

L'homme de bien jouit dans le silence ;
Heureux sur terre, il aura dans le ciel
De ses bienfaits la juste récompense,
Et se verra béni de l'Éternel.
Vertu chérie,
Tends-nous la main ;
Sans toi, la vie
N'est que peine et chagrin.

LES BIENFAITS DE L'ÉGLISE.

Air nouveau (de Boïeldieu).

1

L'Église est pour nous une mère,
Elle nous comble de bienfaits;
Sa bonté tutélaire
Ne se dément jamais.
Par le baptême, au début de la vie,
Ouvrant pour nous les portes du saint lieu,
Avec bonheur elle nous purifie
Et pour toujours nous fait enfants de Dieu.
L'Église, etc.

2

Le cœur touché de sa douce éloquence,
Nous recevons ses saints commandements;
Nous lui devons l'austère pénitence
Et le pardon de nos égarements.
L'Église, etc.

3

C'est à l'Église, en tout temps, à toute heure,
Qu'en s'immolant Jésus se donne à nous;
C'est à l'Église, adorable demeure,
Que nous passons nos moments les plus doux.
L'Église, etc.

4

Au nom de Dieu l'Église sanctifie
Le mariage et ses chastes amours ;
Heureux époux, un nœud sacré vous lie,
Puissent vos cœurs sympathiser toujours !
    L'Église, etc.

5

Elle comprend nos craintes, nos alarmes,
Elle adoucit nos pénibles labeurs ;
Discrètement elle sèche nos larmes,
Elle guérit nos plus vives douleurs.
    L'Église, etc.

6

Par ses conseils le riche est charitable,
Le pauvre apprend à supporter son sort ;
L'homme puissant est bon et secourable,
Le faible croit, espère et devient fort.
    L'Église, etc.

7

A nos grandeurs l'Église s'associe,
Elle bénit nos armes, nos drapeaux ;
Pour nos soldats tous les jours elle prie,
Elle applaudit à leurs brillants travaux.
    L'Église, etc.

8

Si le malheur nous frappe et nous renverse,
Tous les flatteurs s'éloignent à l'instant;
De nos amis la foule se disperse,
L'Église seule est un ami constant.
    L'Église, etc.

9

Lorsque la mort arrive et nous réclame,
L'Église est là, nous aidant à souffrir;
Entre ses bras à Dieu nous rendons l'âme,
Elle reçoit notre dernier soupir.
    L'Église est pour nous une mère,
    Elle nous comble de bienfaits;
      Sa bonté tutélaire
      Ne se dément jamais.

❁ 8 ❁

LITANIES DE LA SAINTE VIERGE.

Air : Vive Jésus! c'est le cri de mon âme (n° 9 du recueil
de cantiques du P. L. Lambillotte).

Ou air du Premier pas.

1

Priez pour nous, sainte vierge Marie,
Mère du Christ, apaisez son courroux;
Nous l'outrageons tous les jours de la vie,
Mais du Très-Haut votre voix est bénie;
  Priez pour nous (*bis*).

2

Priez pour nous, Vierge pure et prudente,
Nous nous mettons à vos sacrés genoux;
Vase d'honneur, Vierge toute-puissante,
Vierge fidèle et Vierge très-clémente,
  Priez pour nous (*bis*).

3

Priez pour nous, Trône de la Sagesse,
Le Rédempteur est tout amour pour vous;
Porte du ciel, modèle de tendresse,
Considérez notre insigne faiblesse;
  Priez pour nous (*bis*).

4

Priez pour nous, mère toujours aimable,
Que, grâce à vous, nos péchés soient absous ;
Mère sans tache et Vierge vénérable,
Auprès de Dieu soyez-nous favorable ;
　　Priez pour nous (*bis*).

5

Priez pour nous, étoile radieuse,
Guidez nos pas, soyez l'appui de tous ;
Tour de David, rose mystérieuse,
Refuge, espoir de l'âme malheureuse,
　　Priez pour nous (*bis*).

6

Grossir les rangs des célestes phalanges,
C'est notre vœu, notre vœu le plus doux ;
Reine des saints, des martyrs et des anges,
Exaucez-nous, nous chantons vos louanges ;
　　Priez pour nous (*bis*).

LE LENDEMAIN.

Air : A peine au sortir de l'enfance.

1

L'homme ici-bas a ses faiblesses,
En tout lieu l'erreur le poursuit;
Fêtes, grandeurs, gloire, richesses,
Il aime tout ce qui séduit.
Aux vains plaisirs il s'abandonne,
Il boit à longs traits leur venin;
Hélas! à Satan il se donne,
Sans s'occuper du lendemain.   } *bis.*

2

Qu'il est à plaindre le coupable!
Sans foi, privé de tout secours,
Le remords le trouble, l'accable
Et vient empoisonner ses jours.
Le chrétien, dont l'âme est fervente
Et que soutient l'amour divin,
Attend la mort sans épouvante;
Il voudrait être au lendemain.   } *bis.*

3

Souvent la grâce nous inspire;
De bien vivre nous faisons vœu;
Mais la malignité retire
Ce qu'a fait la bonté de Dieu.

Pour le mal on est intrépide,
Pour le bien on est incertain ;
Dès qu'il faut croire, on est timide
Et l'on remet au lendemain.
} *bis.*

4

Pourtant, le lendemain arrive ;
Sans plus tarder il faut partir
Et fuir ces bords pour l'autre rive,
Il n'est plus temps de réfléchir.
A ce moment, moment terrible,
Pécheur, tu suppliras en vain,
Le Tout-Puissant est inflexible ;
C'en est fait, plus de lendemain.
} *bis.*

LES TABERNACLES.

CANTIQUE TIRÉ DU PSAUME : QUAM DILECTA TABERNACULA TUA.

Air : L'agriculture est née avec le monde.

1

Dieu des combats, que vos saints tabernacles
Sont imposants! qu'ils sont majestueux!
Le souvenir de vos nombreux miracles
S'y perpétue avec un soin pieux;
Leurs murs sacrés inspirent la prière,
Dans leur enceinte on est heureux, content;
On y grandit, on tient moins à la terre, ⎱ bis.
On est meilleur, on croit, on est fervent. ⎰

2

Le Tout-Puissant compatit à nos plaintes,
Sans cesse on peut invoquer son secours;
Un jour passé dans ses demeures saintes
Vaut à lui seul plus que mille autres jours.
Au passereau comme à la tourterelle
Il donne un nid et prodigue ses soins;
De même aussi sa sagesse éternelle ⎱ bis.
Avec amour sait prévoir nos besoins. ⎰

3

Divin Jésus, rédempteur adorable,
Nous élevons nos cœurs émus vers vous ;
Écoutez-nous, soyez-nous favorable ;
Par votre croix, ayez pitié de nous.
Vous aimez ceux qui chantent vos louanges ;
Un jour, Seigneur, ils seront vos élus,
Ils goûteront le pur bonheur des anges
Et désormais ne vous quitteront plus. } *bis.*

SUR LA FOI.

Air : Aurélius, ami tendre et fidèle (n° 1149 de la Clef du caveau).

1

La foi du ciel est un bienfait immense,
De tous les biens c'est le plus précieux ;
Pour l'obtenir il faut peu d'éloquence,
De l'homme simple elle comble les vœux (*bis*).
Dès ici-bas elle fait nos délices,
Elle nous donne avec la paix du cœur
L'amour du bien, l'horreur de tous les vices, } *bis.*
Et pour le Christ une constante ardeur.

2

La foi vaut mieux que la raison humaine,
Plus-sûrement elle guide nos pas ;
Avec la-foi le chrétien fait sans peine
Ce que sans elle il ne tenterait pas (*bis*) ;
C'est un flambeau qui toujours nous éclaire
Et qui fait fuir au loin l'esprit malin ;
Rien ne la trouble, et sa vive lumière } *bis.*
Du paradis nous montre le chemin.

3

Comme un marin naviguant sans boussole,
L'homme sans foi dans sa route se perd ;
L'affreux néant le confond, le désole,
Bientôt, hélas ! sa vie est un désert (*bis*).
Le vrai croyant n'est pas si misérable,
Il ne craint rien, il est ferme en tout lieu ;
Sans hésiter, d'un pas inébranlable,
Avec bonheur il va droit à son Dieu.   } *bis*.

SUR L'ESPÉRANCE.

Air : Salut, ô vierge immaculée.

1

Afin d'apaiser la souffrance
Et de soulager le malheur,
Dieu nous a donné l'Espérance
Avec sa force et sa douceur.
Fille du ciel, vertu vraiment sublime,
De tous les maux baume consolateur,
Grâces à toi, je ne vois plus l'abîme   } *bis.*
Et j'aperçois le trône du Sauveur.

2

Sans toi, chère et sainte Espérance,
L'homme, affligé, maudit son sort ;
Comblé d'honneurs, dans l'opulence,
Il tremble et redoute la mort.
Sur cette terre, où le monde s'agite,
Il est, hélas ! sans guide et sans appui ;
Tout le trahit, le tourmente ou l'irrite ;   } *bis.*
Loin du Seigneur, pas de repos pour lui.

3

Faste, grandeurs, luxe, parure,
Vous n'excitez plus mon ardeur,

Des biens d'une source plus pure
Captivent maintenant mon cœur.
Biens éternels, c'est à vous que j'aspire,
Vous seuls pouvez me plaire et me charmer ;
Le Dieu d'amour par sa bonté m'attire, ⎫ *bis.*
J'espère en lui, comment ne pas l'aimer ? ⎭

4

On l'a dit, la vie est un songe,
Elle se passe en vains projets ;
Ses plaisirs ne sont qu'un mensonge,
Je la quitterai sans regrets.
Oui, sans regrets je quitterai la vie
Pour m'élancer vers Dieu, mon créateur,
Car l'Espérance à mon âme ravie ⎫ *bis.*
Promet déjà le céleste bonheur. ⎭

SUR LA CHARITÉ.

Air : Cœur de Jésus, ô source intarissable (n° 151 du recueil
de cantiques du P. L. Lambillotte).

1

De l'Éternel bénissons la clémence,
De l'Éternel bénissons la bonté ;
Témoignons-lui notre reconnaissance,
Nous lui devons la sainte Charité.
Charité sainte, ô faveur infinie,
Tes nobles feux animent le chrétien ;
Par toi le ciel à la terre est unie,
Et rien jamais ne rompra ce lien (*bis*).

2

Pratiquons-la, cette charité sainte.
Soyons humains, indulgents, généreux ;
Ne fuyons pas la douleur ou la plainte,
Tendons les bras à tous les malheureux.
Pour plaire à Dieu, donnons, donnons sans cesse ;
Avec usure, un jour, il nous rendra
Ce qu'aura fait pour lui notre tendresse,
Et de nos dons il nous enrichira (*bis*).

3

Lien d'amour, la charité soulage ;
Elle ravit par son humilité ;
Le dévoûment enflamme son courage ;
Sans elle, hélas ! tout n'est que vanité.
Rien ne résiste à sa persévérance,
Sa patience égale son ardeur ;
Bonne pour tous, bonne par excellence,
C'est la vertu des élus du Seigneur (*bis*).

4

Pour nous sauver, pour nous rendre la vie,
Le fils de Dieu, Jésus, le roi des rois,
Descend du ciel, souffre, se sacrifie
Et vient mourir, accablé, sur la croix.
Par la douleur, les affronts et l'outrage,
Il a conquis pour nous l'éternité.
Pour les humains pouvait-il davantage ?
Prosternons-nous devant sa charité (*bis*).

PRIÈRE D'UNE PETITE FILLE

A SA PATRONNE.

Air : Bouton de rose.

1

Sainte patronne,
De Dieu je veux suivre la loi ;
A lui pour toujours je me donne,
Je mets ma confiance en toi,
Sainte patronne.

2

Sainte patronne,
Comme toi j'adore Jésus ;
Et, pour obtenir sa couronne,
Je veux imiter tes vertus,
Sainte patronne.

3

Sainte patronne,
Préserve-moi de tout danger,
Fais que je sois et sage et bonne,
Daigne en tout lieu me protéger,
Sainte patronne.

4

Sainte patronne,
De mes parents l'amour pieux
De soins, chaque jour, m'environne ;
Ah! daigne aussi veiller sur eux,
Sainte patronne.

PARIS. — IMP. DE Mme Ve BOUCHARD-HUZARD, rue de l'Éperon, 5. — 1860

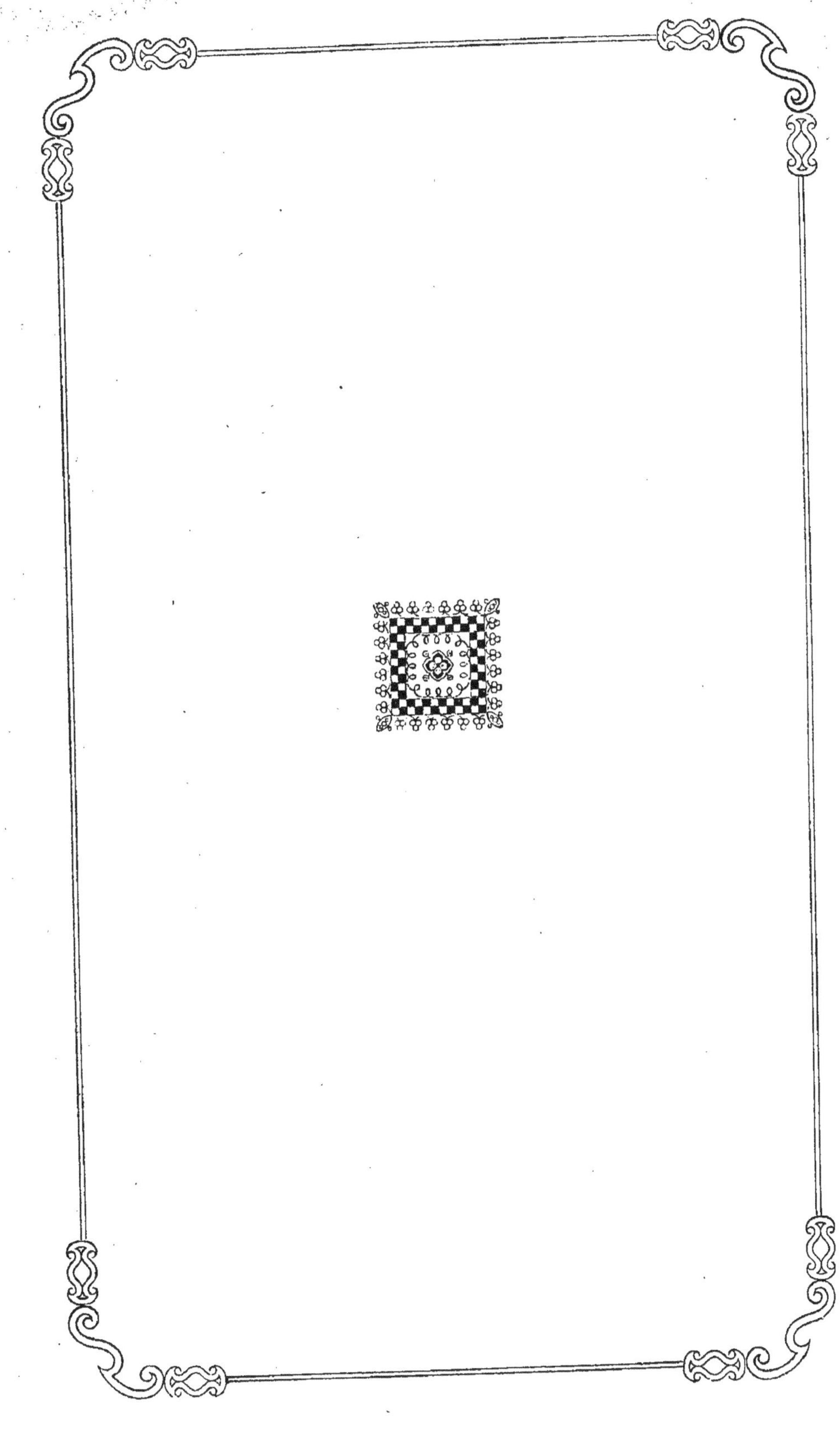